# una SOLA COSA

Celeste Sánchez Demare

*Para mi padre.*

*Gracias infinitas a mi familia y amigos por confiar en mí antes que yo.*
*A las profesoras de la Escuela de Arte número diez de Madrid*
*por enseñarme tanto.*
*A Javi por "el aguante" y a Moris por su canción "El oso"*
*que fue el punto de partida de este libro.*

Edita:

c/ Mosén Félix Lacambra 36 B
Alagón, Zaragoza

Primera edición: febrero de 2016

I.S.B.N.: 978-84-943476-3-4
D.P.: Z 66-2016
©Texto e ilustraciones de Celeste Sánchez Demare

www.apilaediciones.com
apila@apilaediciones.com

Impreso en Ino Reproducciones, Zaragoza, España.

Para este álbum, Celeste Sánchez Demare utilizó técnicas manuales y digitales.

Esta obra ha sido publicada con la ayuda del Departamento de Educación, Cultura y Deporte del Gobierno de Aragón.

Si me llevan al circo a trabajar,

¡seré una estrella!

Tendré un montón de cosas y además...

viajaré por el mundo en primera clase,

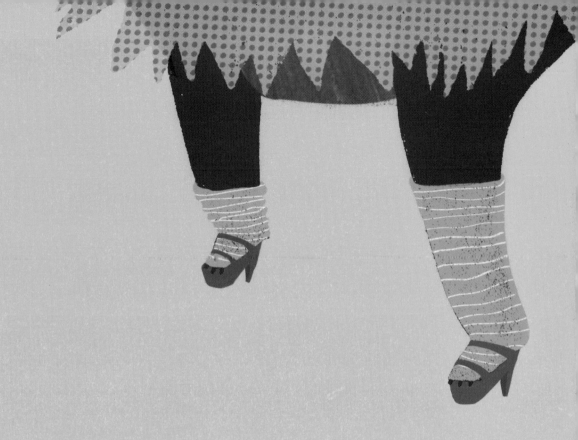

con joyas y ropa elegante,

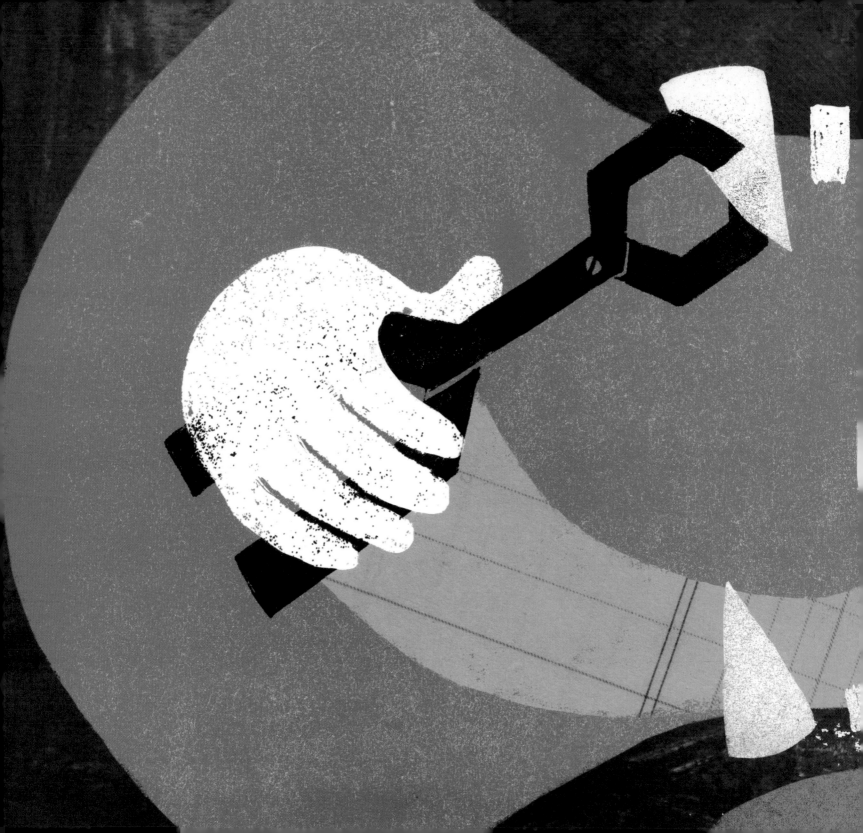

atención médica,

un entrenador personal,

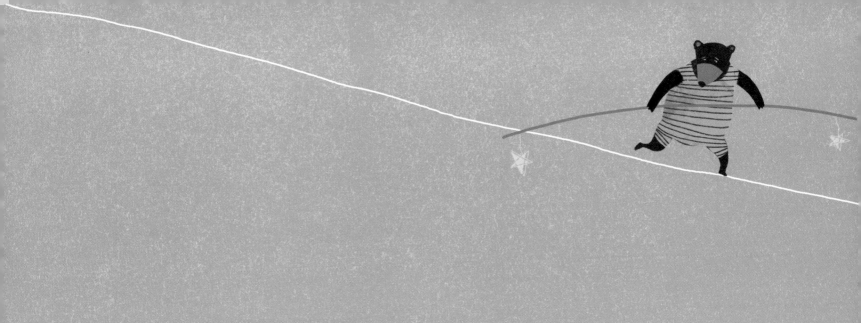

sin exponerme a ningún peligro,

con casa y comida aseguradas,

y mucha mucha diversión.

Pero a mí no me hace falta todo eso.

Yo necesito una sola cosa: